AF232408

LE MAIRE

ET

LE MARGUILLIER.

IMPRIMERIE DE MADAME JEUNEHOMME-CRÉMIÈRE,
RUE HAUTEFEUILLE, N° 20.

DIALOGUE

ENTRE

LE MAIRE DE RHODEZ

ET

UN MARGUILLIER.

PARIS,

L'HUILLIER, Libraire, rue Serpente, n° 16;
DELAUNAY, Libraire, au Palais-Royal.

—

1818.

DIALOGUE

ENTRE

LE MAIRE DE RHODEZ

ET

UN MARGUILLIER.

LE MARGUILLIER.

Monsieur, dans la cité prévenez un désastre.

LE MAIRE.

Encor ! (1)

LE MARGUILLIER.

Un coup affreux, l'école à la *Lancastre*,
Qu'un démon incarné, sous les traits d'un préfet,
Veut établir, ici, comme ailleurs on l'a fait ;
Le frère de celui qui les dote à *Libourne*, (2)
En va fonder au *Tarn* pour peu qu'il y séjourne.
Par-tout le mal s'apprête à nous circonvenir,
Ne perdons point de temps pour nous en garantir :
Notre espoir est en vous, en vous, monsieur le maire,
Élevé dans nos murs, et sous les yeux d'un père

Qui toujours a suivi nos pieux étendards;
Votre aïeul s'illustra du temps des *Camisards* (3),
Vous l'ignorez peut-être, on lit dans mon registre
Que la dernière fois qu'on pendit un *ministre*,
Tête nueetnu-pieds, il tenait un flambeau,
Et même avait, dit-on, fait les frais du cordeau.
Cet heureux temps n'est plus, tout a changé de face,
Depuis que la raison, marchant avec audace,
S'introduit dans l'école, en usurpe les bancs,
Et même a pénétré chez les *pénitens blancs.* (4)
Les *noirs* et les *gris-bruns* seuls demeurés fidèles,
D'ignorance et de foi sont encor des modèles;
Mais n'ai-je pas hier entendu l'entretien
De quatre bons bourgeois, réputés gens de bien;
Ils traitaient de révolte et de piraterie
Ces restes précieux de la *chevalerie*,
Qui, sur les grands chemins, vont, par dévotion,
Modérer cet excès de circulation,
Dont l'essor s'étendant jusques aux antipodes,
Emporte nos écus et rapporte des modes.
Sans savoir leurs raisons pourquoi les diffamer?
Plusieurs motifs bien purs les peuvent animer,
On n'en tient compte, on veut d'éclatantes vengeances,
On les nomme, tout haut, voleurs de diligences. (5)

LE MAIRE.

Fi! qu'on est impoli.

LE MARGUILLIER.

Du temps de nos aïeux,
Chacun restait chez soi, tout enallait bien mieux,

Deux mille *Rouergas* ont, dans la capitale,
Perdu depuis vingt ans leur crasse baptismale:
Aussi vous voyez bien que tout est subverti;
On fait au nom des lois laguerre au bon parti.
Jadis, en opposant la coutume aux pandectes,
On donnait un bon tour à des causes suspectes,
Suivant qu'un praticien était plus ou moins fort.

LE MAIRE.

Vraiment c'est un malheur, et les lois ont grand tort
D'avoir à la chicane ôté tant de refuges.

LE MARGUILLIER.

Après tout, vos jurés, ce ne sont point des juges;
Pour moi, je recevais toujours aveuglément
Tout ce que prononçaient messieurs du parlement;
Mais respecter l'avis que sans façon déclare
Un *quidam* comme moi, sans *mortier* ni *simarre*!
Non: un *huissier* en *robe*, un *pénitent* en *sac* (6)
M'en imposent bien plus que vos jurés en frac;
Il faut *parler aux yeux*, comme disaient nos pères.
Du roi qui nous gouverne on vante les lumières,
Mais de philosophie il est fort entiché,
A sa maudite charte il est trop attaché,
Et des derniers trente ans consacrant les désordres,
On dit qu'il ne veut pas nous rendre les *trois ordres*.

LE MAIRE.

Ces *trois ordres*, Monsieur, fort à propos cités,
Aux besoins de leur temps pouvaient être adaptés,

Le roi n'a pas jugé qu'ils convinssent au nôtre.
Eh! pourquoi du passé se faire ainsi l'apôtre,
C'est du présent qu'il faut assurer le repos,
En aidant le monarque à guérir tous nos maux.
Des *ordres*, donc, laissant la trinité gothique,
Et, tant soit peu moins haut, prenant la politique,
Daignez, sans passion, m'expliquer, s'il vous plaît,
Pourquoi ce grand courroux contre votre préfet.

LE MARGUILLIER.

Cette école, Monsieur......

LE MAIRE.

Eh bien! donc, cette école?

LE MARGUILLIER.

Il la faut empêcher; je porte la parole
Au nom de gens d'honneur, dignes de tout respect,
Et dont le sentiment ne peut être suspect;
De tous ces novateurs ils craignent les pratiques,
Et cette invention est due aux hérétiques.

LE MAIRE.

Ces messieurs, aveuglés par leur prévention,
Ne rendent pas justice à cette *invention*.
Si l'argent, si le temps de la classe nombreuse
Sont par elle épargnés, n'est-elle pas heureuse?
Un frère *ignorantin* nous apprit autrefois,
A peine dans six ans ce qu'on sait en deux mois.

LE MARGUILLIER.

Monsieur, voilà le mal: si le peuple s'éclaire,
Il pourra.... Voulez-vous qu'il lise aussi *Voltaire?*

LE MAIRE.

Pourquoi pas ?

LE MARGUILLIER.

Pourquoi pas ! l'ai-je bien entendu ?
Quand vous parlez ainsi, Monsieur, tout est perdu ;
Vous voulez qu'un manant, à sou, denier et maille,
Calculant ce qu'il doit aux aides, à la taille,
Puisse à son collecteur prouver par A plus B,
Qu'il était dans son droit quand il a regimbé,
Qu'il lise dans la charte, et sache qu'il est libre !
Cela brouille tout ordre et rompt tout équilibre :
Vous voulez que *Pierrot*, le fils de mon meûnier,
Pour son bras amputé, devenu chevalier,
Puisse à tous ses cousins charmés de sa prouesse,
Faire voir que le roi lui maintient sa noblesse !
Sur les vrais chevaliers que de mauvais propos !
Dans la société quel horrible chaos !
Nul n'y pourra tenir ; aussi dans son angoisse
J'entendais l'autre jour un *seigneur de paroisse*
Dire: « Si ceci prend, on me verra dans peu
« A mon château moi-même aller mettre le feu. »

LE MAIRE.

Bon, il n'en fera rien.

LE MARGUILLIER.

Un *chef de la parole*, (7)
Que nous verrons briller dans quelque métropole,
Orateur lauréat du dernier concordat,
Du concordat en poche orateur candidat,
Trouve cette méthode un fléau plus funeste
Que la conscription, la vaccine et la peste.

LE MAIRE.

Bien qu'il ait fait jadis pour la conscription
Plus d'une pastorale et docte instruction.

LE 'MARGUILLIER.

Qui ne sait qu'un prélat doit, dans sa prud'hommie,
Parler selon les temps et par *économie* . . . . . ?
Il va pulvériser dans un beau mandement
Votre école nouvelle et son enseignement,
Prouver à ses brebis, par plus d'un paragraphe,
Que l'on sera damné pour savoir l'orthographe,
Que les moindres calculs sont des cas réservés.

LE MAIRE.

Êtes-vous sûr du fait?

LE MARGUILLIER.

Monsieur, vous le savez,

L'Église dans un temps, en vertus plus fertile,
Défendait aux Chrétiens de lire l'Évangile.

LE MAIRE.

Ainsi donc l'homme-Dieu l'apporta vainement,
Et l'on n'a point pour tous écrit son testament.

LE MARGUILLIER.

Par soi-même, Monsieur, on ne doit rien connaître,
Il faut tenir sa foi de la bouche d'un prêtre;
En agir autrement c'est être huguenot,
Et comme eux en enfer on ne fera qu'un saut.

LE MAIRE.

Laissez faire chacun à son péril et risque;
Monsieur, au tems qui court, c'est mal prendres a
                                   bisque,
Que d'exiger des gens qu'ils laissent amortir
Les clartés que le ciel leur daigna départir.

LE MARGUILLIER.

Ah! vous êtes imbu des maximes modernes,
Je le vois, vous allez allumer des *lanternes*, (8)
Déjà le bruit en court, un profane arrêté
Va bannir de nos murs leur sainte obscurité.

LE MAIRE.

Il est prêt, et je vais le signer tout à l'heure.
Avant moi, plût au ciel qu'on l'eût pris, et je pleure

Sur l'emploi trop tardif de mon autorité.
O honte! ô de Rhodez triste célébrité!
De police, peut-être, une simple mesure,
Un fanal élevé dans une rue obscure,
Prévenait un forfait; quel forfait! les cheveux
S'en dresseront d'horreur au frond nos neveux.

LE MARGUILLIER.

La révolution et ses métamorphoses
Sont cause du fracas que font certaines choses.
Qu'aux mœurs du bon vieux temps nos bourgeois
                                        attachés,
A la nuit, sans chandelle, eussent été couchés;
Que tout eût été coi, chemins, places publiques,
On eût manqué vingt ans de détails authentiques.
C'était, sans sacremens, un chrétien trépassé;
Mais sans éclat du moins tout se serait passé:
Le coupable est sur-tout celui qui scandalise,
C'est des amis des mœurs l'éternelle devise.
D'un docteur révéré j'ai retenu ce trait,
Que ce n'est point pécher que pécher en secret;
Je me suis bien trouvé toujours de la maxime,
Elle est en grand honneur chez tous ceux que j'estime;
Pourquoi vouloir, foulant aux pieds nos anciens us,
Imiter de Paris les fastueux abus,
De notre cathédrale éclairer l'avenue,
Et des *Hebdomadiers* illuminer la rue (8)?
Savez-vous bien, Monsieur, où cela peut aller?
Aux prêtres du *bas-chœur* nature peut parler;
Dès avant *Saint-Martin* jusqu'après *Saint-Antoine*,
Vers six heures du soir, du chantre ou du chanoine,

Fanchon va provoquer un ébat clandestin ;
Elle n'en sort qu'après six heures du matin ;
Alors l'*Hebdomadier* va dormir dans son stalle ;
Tout s'est fait, dieu merci, dans l'ombre et sans
scandale.

Mais avec vos *quinquets*, plus de secret, Monsieur,
Et que vont devenir les prêtres du bas-chœur ?
Et nous, que faire aussi devant vos luminaires ?
Promener nos moitiés, comme ces militaires
Qui vont femme et mari sans jamais se quitter !
Il est vrai qu'on voit peu la femme *coquetter*,
Que l'époux vit pour elle et n'a point de maîtresse.
Mais jamais l'un ni l'autre ils ne vont à confesse ;
Or, il faut, pour le bien de la religion,
Pécher et recourir à l'absolution ;
C'est là le grand commerce, et chacun doit y mettre ;
Enfin, voici deux points qu'il ne faut pas permettre,
Je l'annonce à regret, mais je m'en suis chargé
Pour nos messieurs de *l'œuvre* et notre *bon clergé* :
Si vous souffrez l'école, avec les réverbères,
Vous n'aurez plus de part, Monsieur, dans nos prières.

LE MAIRE.

Je vous ai laissé dire et me suis contenu,
Cet excès d'impudeur ne m'était pas connu ;
Et j'ai voulu bien voir, de crainte de méprise,
Jusqu'où, d'un marguillier, peut aller la sottise ;
Que dis-je ? êtes-vous né pour être un scélérat ?
Votre langage, ici, devant un magistrat,
Au temps que vous vantez, tenu sur les galères,
Eût fait frémir d'effroi les chiourmes entières ;
Vous avez épuisé la coupe du poison,
Et l'esprit de parti trouble votre raison.

LE MARGUILLIER.

L'esprit du bon parti ; ce sont nos grands vicaires,
Qui....

LE MAIRE.

Vous en imposez, des brigands, des sicaires,
Les voleurs dont on voit la troupe, au coin d'un bois,
Des gens que vous prônez imiter les exploits,
Peuvent seuls professer vos maximes sinistres ;
Mais ils n'y mêlent point le ciel et ses ministres,
Et vous mériteriez que, pour vous en punir,
Publiant les discours que vous osez tenir...

LE MARGUILLIER.

Oh ! tant que vous voudrez, publiez, j'en fais gloire.

LE MAIRE.

Non, les honnêtes gens ne voudraient pas y croire,
Ou bien, s'ils m'en croyaient, enfin, sur mon honneur,
A vos propres enfans vous seriez en horreur.
De la loi des Chrétiens les préceptes sublimes
Font des frères par-tout, nulle part des victimes ;
Ceux qui les font servir aux fureurs des partis,
Ou les ont méconnus, ou les ont pervertis.
Revenez, s'il se peut, à des pensers plus sages,
Nos aïeux n'étaient point stupides, ni sauvages ;
Imitons les vertus qu'on estimait en eux,
Jetons sur leurs erreurs un voile officieux.

Dans le cœur des mortels la divine clémence
A mis l'horreur du crime et de la violence;
L'esprit des factions tenterait vainement
D'arracher de leur sein ce premier sentiment;
Et de l'humanité la trace est plus profonde
Que celle des fureurs qui désolent le monde.
Je vois jusqu'à quel point l'homme peut s'égarer;
Mais dans le bon chemin toujours prêt à rentrer,
Le tableau réfléchi de son délire extrême,
Demain, va le forcer à rougir de lui-même;
Trop heureux quand du ciel l'invisible secours,
Empêcha que l'effet ne suivît les discours.
Il en est temps pour vous, nul trait digne de blâme.
N'a produit au grand jour votre morale infâme;
Au sentier des vertus qu'on vous vit parcourir,
Hâtez-vous de rentrer pour ne plus en sortir ;
Les principes affreux qu'a vomis votre bouche,
Vous conduiraient au sort des Mandrin, des Cartouche;
Mais je suis charitable et vous le prouverai.

LE MARGUILLIER.

Vous êtes l'antechrist et je le prêcherai.

NOTES.

(1) Tout a retenti de l'horrible affaire de Rhodez : l'appréhension du maire est bien naturelle , il craint qu'on ne lui annonce quelque chose de semblable.

(2) M. le comte de Cazes encourage de ses deniers cette institution dans la ville de Libourne ; le frère de ce ministre est préfet du département du Tarn.

(3) On appelait Camisards les malheureux que les dragonnades avaient poussés à la révolte, parce qu'ils portaient une chemise par-dessus leurs habits, en manière d'uniforme et comme signe de ralliement. A cette désastreuse époque , on pendait, on rouait même les *ministres protestans* , pour avoir prêché l'Évangile. Il est inutile d'expliquer que tout ce que l'on met ici dans la bouche du marguillier, est de pure fiction , et qu'il n'y a aucune raison de supposer que l'aïeul du maire de Rhodez ait été plus fanatique que ses contemporains.

(4) On sait qu'il y a dans le midi de ces mascarades prétendues religieuses de toutes les couleurs; comme les pénitens blancs sont les plus nombreux , il est simple qu'il s'y trouve plus de gens de bon sens qu'ailleurs.

(5) *Ils mettront ma vengeance au rang des parricides.* (Racine , Britannicus).

(6) Les pénitens portent un sac où il y a seulement deux trous pour les yeux , ce qui leur donne un aspect aussi hideux que ridicule ; il faut ajouter, pour être juste, que ces compagnies sont généralement des associations de bienfaisance ; elles pourraient s'épargner le costume.

(7) Chef *de la parole*, chef *de la prière*, etc. , etc. ; expressions familières à un *argot* qui a fait fortune chez les marguilliers.

(8) On a vu, dans l'horrible procédure de Rhodez, que le crime s'est commis dans la rue des *Hebdomadiers* (chanoines ou chantres de semaine) ; plusieurs journaux ont assuré que la ville de Rhodez n'était point éclairée la nuit, etc. , etc.

BIBLIOTHÈQUE ROYALE

I

www.ingramcontent.com/pod-product-compliance
Lightning Source LLC
LaVergne TN
LVHW010244030726
842520LV00007B/2746